वैष्णो देवी

शक्ति की देवी

Reprinted in 2014

Published by

OM KIDZ

An imprint of Om Books International

Corporate & Editorial Office
A 12, Sector 64, Noida 201 301
Uttar Pradesh, India
Phone: +91 120 477 4100
Email: editorial@ombooks.com
Website: www.ombooksinternational.com

Sales Office
4379/4B, Prakash House, Ansari Road
Darya Ganj, New Delhi 110 002, India
Phone: +91 11 2326 3363, 2326 5303
Fax: +91 11 2327 8091
Email: sales@ombooks.com
Website: www.ombooks.com

ISBN : 978-93-80069-06-7

Printed at EIH Press, Gurgaon, India

10 9 8 7 6 5 4 3 2

वैष्णो देवी

शक्ति की देवी

An imprint of Om Books International

बहुत समय पहले की बात है, धरती में बहुत अधिक राक्षस पैदा हो गए थे। उस समय "शक्ति" के नाम से जानी जाने वाली एक महान देवी उन राक्षसों का अंत करने में व्यस्त थी। एक दिन उस महान देवी के तीन रूप अर्थात, महाकाली, महालक्ष्मी और महासरस्वती, मिलकर एक ही रूप हो गए। अचानक आसमान में एक तेज़ रोशनी चमकी और उस रोशनी में से एक अति सुंदर छोटी-सी लड़की निकली।

उस लड़की ने देवियों से पूछा, "पूज्य और पवित्र माँ। धरती में मेरे आने का क्या प्रयोजन है?" देवियों ने उत्तर दिया, "हम चाहते हैं कि तुम पृथ्वी पर रहो, और उसे सदा सुखी और संपन्न रखो।" लड़की ने पूछा, "आपकी इच्छा मेरे लिए आज्ञा के समान है, परंतु पृथ्वी पर मेरा जन्म कहाँ पर होगा?"

तीनों देवियों ने उत्तर दिया, "तुम रत्नाकर और उसकी पत्नी के घर जन्म लोगी। उनकी कोई भी बच्चा नहीं है। तुम्हारा जीवन वैसा ही होगा जैसा कि सब बच्चों का होता है। बस, ध्यान से भगवान की पूजा करती रहना।" इतना कहकर उन्होंने उस बालिका को आशीर्वाद दिया और गायब हो गईं।

उन देवियों के आशीर्वाद के अनुसार उस लड़की ने रत्नाकर के घर में जन्म लिया। वह बहुत सुंदर थी। रत्नाकर और उसकी पत्नी उसको पाकर बहुत प्रसन्न थे। उसको दोनों बहुत प्यार से रखते थे और कहते थे, "हमको फूल सी सुंदर और कोमल बेटी मिली है।"

उन्होंने उसका नाम वैष्णवी रखा। वह दिन-प्रतिदिन सुंदर होती गई। वह केवल सुंदर ही नहीं थी, अपनी उम्र से अधिक बुद्धिमान भी थी।

एक दिन रत्नाकर की पत्नी ने अपने पति से पूछा, "तुम्हे आश्चर्य नहीं होता है कि हमारी बेटी अन्य बच्चों के समान नहीं है? वह बच्चों की तरह खेलती भी नहीं है और उसे खिलौनों की इच्छा भी नहीं होती?"

रत्नाकर ने जवाब दिया, "हाँ, हमारी बेटी सब बच्चों के समान नहीं है, पर उसका यही गुण, उसको सबसे अलग और विशेष बनाता है। मैं उसके लिए अच्छे से अच्छा गुरु खोजूँगा जो उसको वेदों और अन्य सभी धर्म-ग्रंथों का ज्ञान कराएगा।"

इस प्रकार वैष्णवी की शिक्षा–दीक्षा शुरू हो गई। उसकी सीखने की इच्छा, और सभी चीजों को जल्दी और अच्छी तरह समझने की शक्ति को देखकर, उसके गुरु भी आश्चर्य में पड़ गए।

उसके भीतर की भक्ति पूरे वेग से बढ़ने लगी। हालाँकि वैष्णवी इतने से संतुष्ट नहीं थी। वह सोचती थी कि सीखने को अभी बहुत-कुछ और भी है।

रत्नाकर समझ गया कि उसकी बेटी पर भगवान की कृपा है। उसने वैष्णवी को पूजा करने की सलाह दी। और कहा, "हर समय भगवान का ध्यान करो, उसी के विषय

में सोचो, तुम्हारे सारे प्रश्नों का उत्तर मिल जाएँगे।"
जब सारे बच्चे खेला करते थे, उस समय भी वैष्णवी पूजा करती रहती थी।

दिन बीतते ही चले गए। रत्नाकर और उसकी पत्नी को डर था कि कभी भी उनकी बेटी उनसे कोई ऐसी विनती करेगी, जिसको वह मना नहीं कर सकेंगे। वह दिन उनकी आशा से पहले ही आ गया।

वैष्णवी ने अपने माता–पिता से कहा, “आप लोगों ने मेरी बहुत अच्छी तरह और प्यार से देखभाल की है। मेरी सब इच्छाएँ पूरी कीं। आपकी बेटी होने को मैं अपना सौभाग्य समझती हूँ, लेकिन अब समय आ गया है, कि मैं जंगल

में जाकर तपस्या करूँ।" रत्नाकर और उसकी पत्नी अपनी बेटी की बात सुनकर दुखी हुए, पर वे जानते थे कि उनकी बेटी साधारण लड़की नहीं है, अतः उन्होंने उसको आशीर्वाद देकर विदा कर दिया।

वैष्णवी ने जंगल में जाकर अपनी तपस्या शुरू कर दी। यह उस समय की बात है, जब अयोध्या में भगवान राम के राजतिलक के समाचार से सारे लोग बहुत प्रसन्न थे। तभी, रानी कैकेयी ने राजा दशरथ से दो वरदानों की माँग कर दी, जिससे पूरा वातावरण बदल गया।

कैकेयी ने पहले वरदान में अपने पुत्र भरत को अयोध्या का राजा बनाने की माँग की और दूसरे वरदान में राम को 14 वर्ष तक वनवास। जब राम, लक्ष्मण और सीता वन के लिए रवाना हुए तो सारे अयोध्यावासी बहुत दुखी हो गए।

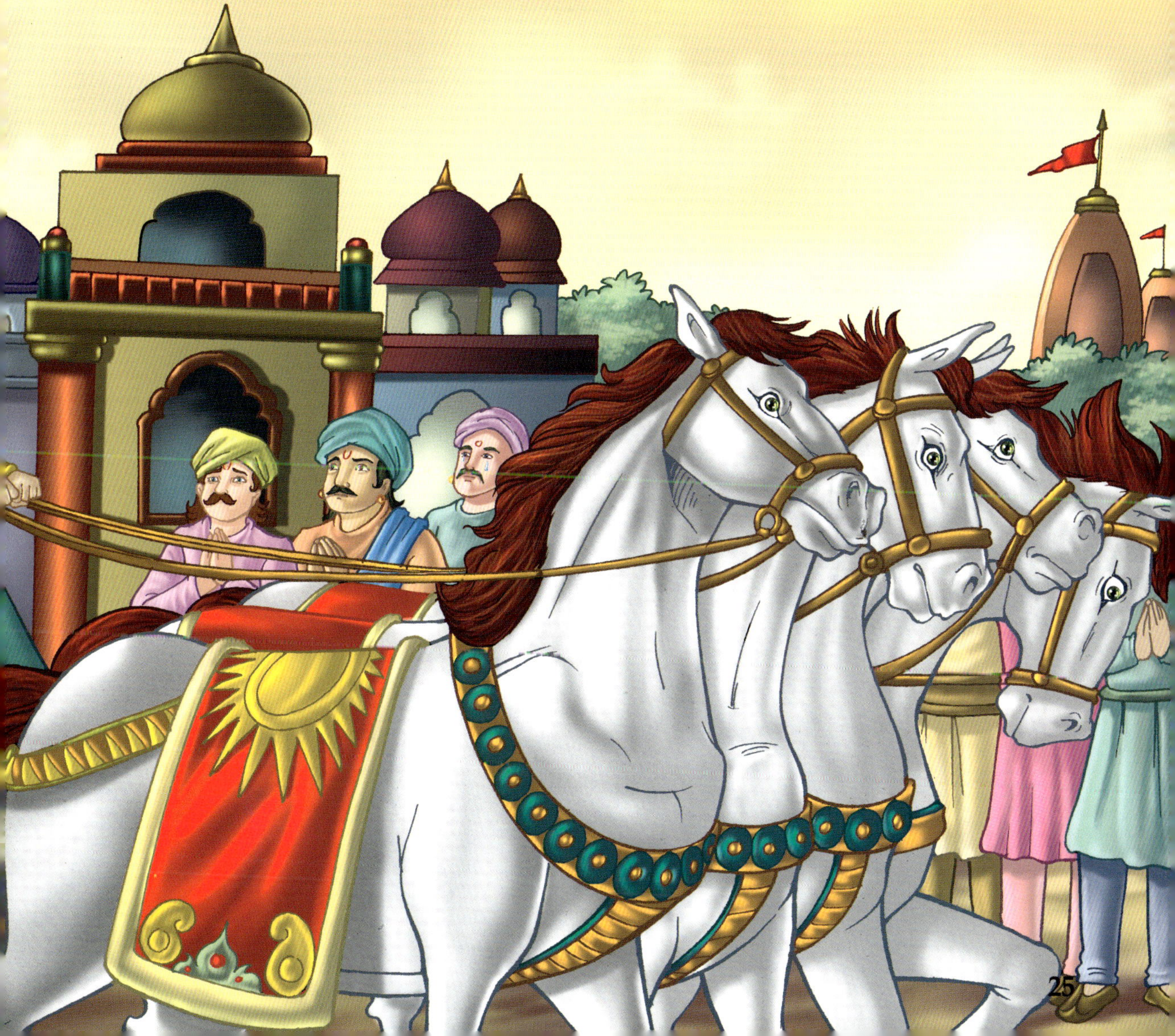

बहुत समय तक जंगल में घूमने के बाद श्री राम उस स्थान पर पहुँचे जहाँ पर वैष्णवी तपस्या कर रही थी। उसने भगवान राम के पैरों की आवाज़ पहचान ली और बोली, “भगवान! मुझे अपनी आँखों पर विश्वास ही नहीं हो रहा कि आप मेरे सामने हैं। कृपया मुझे आशीर्वाद दीजिए और अपने साथ ले चलिए।”

भगवान राम ने उत्तर दिया– "अभी इसका समय नहीं आया है। मैं अपने वनवास से लौटते समय तुमसे मिलूँगा, यदि उस समय तुमने मुझे पहचान लिया तो तुम्हें आशीर्वाद दूँगा।" इतना कहकर भगवान राम चले गए।

वैष्णवी कुछ निराश तो हुई पर उसने निराशा को अपने इरादे पर हावी नहीं होने दिया। वह फिर से गहरी तपस्या में लीन हो गई।

चौदह वर्ष बाद रावण को मारकर भगवान राम अयोध्या को लौट रहे थे। उनको वैष्णवी से किया हुआ अपना वादा याद था। उन्होंने एक बूढ़े आदमी का वेश बनाया।

इस बार वैष्णवी उनको नहीं पहचान सकी। “गौर से देखो,” उस बूढ़े आदमी ने कहा।

तब वैष्णवी को अपनी गलती मालूम हुई। उसने हाथ जोड़े और बोली, "जिसके लिए मैं इतने सालों से

तपस्या कर रही हूँ, उसको पाने का अवसर मैंने खो दिया।" उसकी आँखों में आँसू आ गए।

वह फिर बोली, "मेरे इतने सालों की तपस्या बेकार हो गई। धरती में आने का जो मेरा उद्देश्य था, वह पूरा नहीं हो सका।" वैष्णवी बहुत दुखी हो गई थी।

भगवान राम ने कहा, "निराश मत हो, सब कुछ समाप्त अभी नहीं हुआ है। मैं अपने अगले अवतार में फिर से आऊँगा। तब मैं 'कल्कि' के नाम से प्रसिद्ध होऊँगा।"

"उस समय मैं तुमको अपना एक अंश बनाऊँगा। तब तक तुम त्रिकूट पर्वत के पास एक आश्रम बनाओ और दर्शन के लिए आने वाले सारे भक्तों को आशीर्वाद दो।" इतना कहकर श्री राम अयोध्या को चले गए।

वैष्णवी उत्तर-भारत के लिए रवाना हो गई। उसको अनेक घने जंगलों को पार करना पड़ा। रास्ता

बहुत कठिन और पथरीला था, लेकिन वह अपने इरादे में पक्की थी।

उसने अपने मन में सोचा कि भगवान विष्णु ही मेरे अंतिम लक्ष्य है और वह त्रिकूट पर्वत की खोज में चलती गई।

महीनों की खोज के बाद अंत में उसको वह पर्वत मिल गया। वैष्णवी की प्रसन्नता का कोई ठिकाना ही नहीं था। उसने त्रिकूट पर्वत के पास एक आश्रम बनाया और वहाँ रहकर फिर से तप करना शुरू कर दिया।

जैसे भगवान राम ने कहा था, शीघ्र ही लोगों को मालूम हो गया कि त्रिकूट पर्वत के पास एक तेजस्वी लड़की ने आश्रम बनाया है। लोगों की भीड़ वहाँ वैष्णवी का आशीर्वाद लेने आने लगी। इस प्रकार महीनों बीत गए और माँ वैष्णवी की चर्चा दूर-दूर तक फैल गई।

उन्हीं दिनों, आश्रम से कुछ ही दूरी पर गोरखनाथ नाम का बाबा रहता था जिसका स्वभाव राक्षसों की तरह था। अपनी दैवीय शक्ति से उसको भगवान राम और वैष्णवी के विषय में सब मालूम हो गया था। उसने अपने शिष्य भैरव को वैष्णवी के ऊपर नज़र रखने को कहा। वह भैरव से बोला, "यह लड़की, दुनिया में राज्य करने की हमारी इच्छा को पूरा करने का रास्ता बन सकती है।"

गोरखनाथ ने भैरव को आज्ञा दी, "वैष्णवी के बारे में और बातें पता करो।"

भैरवनाथ को वैष्णवी का आश्रम बड़ी आसानी से मिल गया। उसने देखा कि आस-पास के सभी लोग उसके भक्त हैं। उसने यह भी देखा कि वैष्णवी ने सांसारिक जीवन का बिल्कुल त्याग कर रखा था, फिर भी उसके पास एक धनुष और बाण हर समय रहता था।

वैष्णवी के आस-पास एक भयंकर शेर भी रहता था। जब भैरवनाथ ने वैष्णवी को तप करते हुए देखा तो वह उसकी सुंदरता को देखकर चकित रह गया। वैष्णवी भैरवनाथ को बहुत शांत और सुंदर लगी। उसके मन में वैष्णवी के

साथ शादी करने का विचार आया। और उसने वैष्णवी के सामने शादी का प्रस्ताव भी रख दिया और बोला, "सुंदरी! मैं तुमसे शादी करना चाहता हूँ।"

वैष्णवी इस प्रस्ताव को सुनकर हैरान हो गई, और बोली, “इससे पहले कि तुम्हारा अंत हो जाए, यहाँ से चले जाओ।” भैरवनाथ निराश होकर चला गया। उसने सारा समाचार अपने गुरु गोरखनाथ को सुनाया।

त्रिकूट पर्वत के पास ही एक गाँव में माँ वैष्णवी का एक भक्त रहता था। उसका नाम श्रीधर था। उसका हर दिन माँ की प्रार्थना से आरंभ होता था और समाप्त भी माँ की प्रार्थना के साथ ही होता था। एक दिन माँ वैष्णवी ने सपने में उसे एक भंडारा करने का आदेश दिया।

श्रीधर अचानक जागकर उठ बैठा। उसको यह सपना विचित्र लगा, क्योंकि वह बहुत गरीब था। वह माँ की आज्ञा को टाल भी नहीं सकता था।

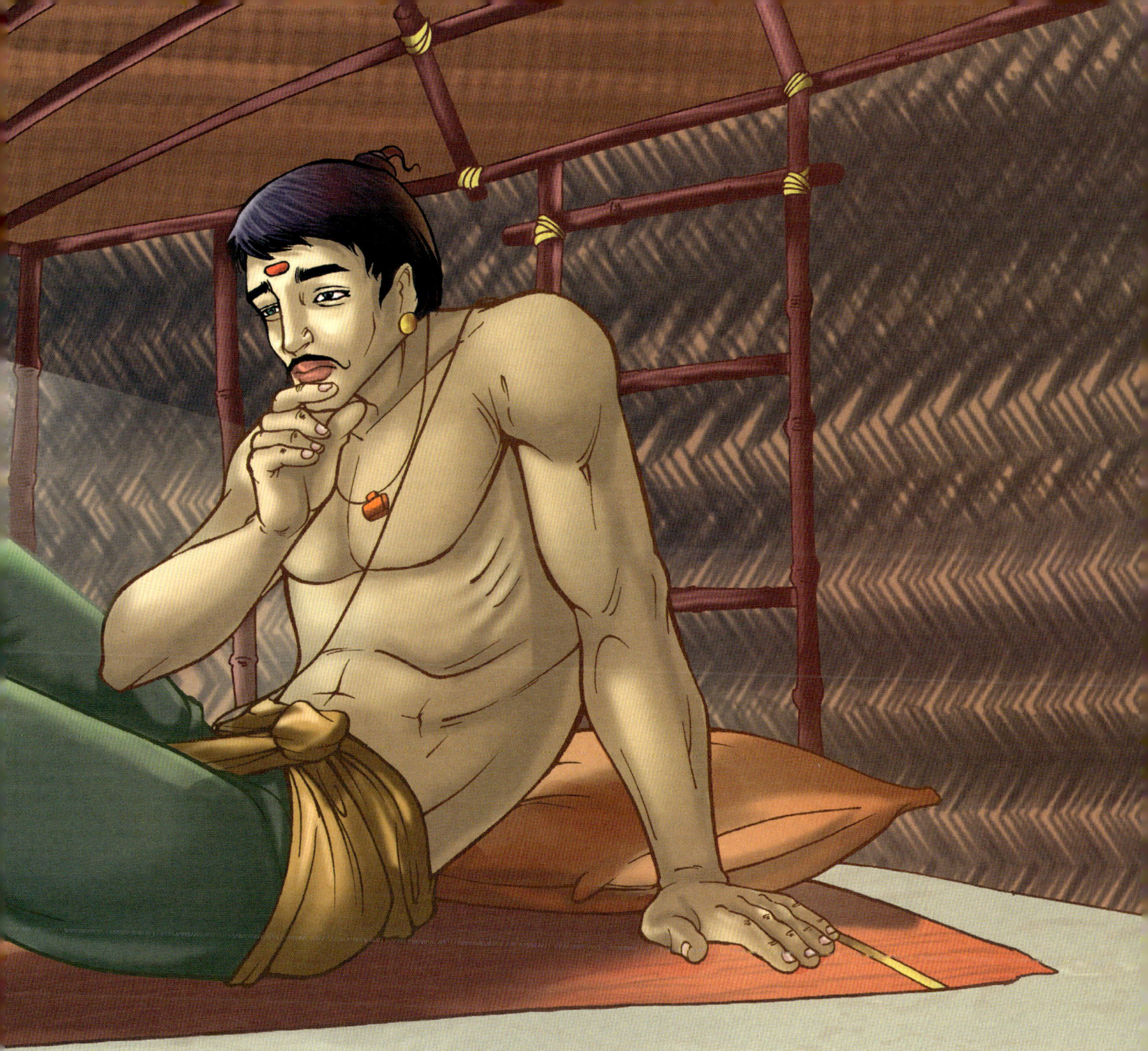

वह सोचने लगा, “अपने इस छोटे से घर में मैं कैसे सबको बैठाऊँगा? और खाने-पीने का सामान कहाँ से आएगा?”

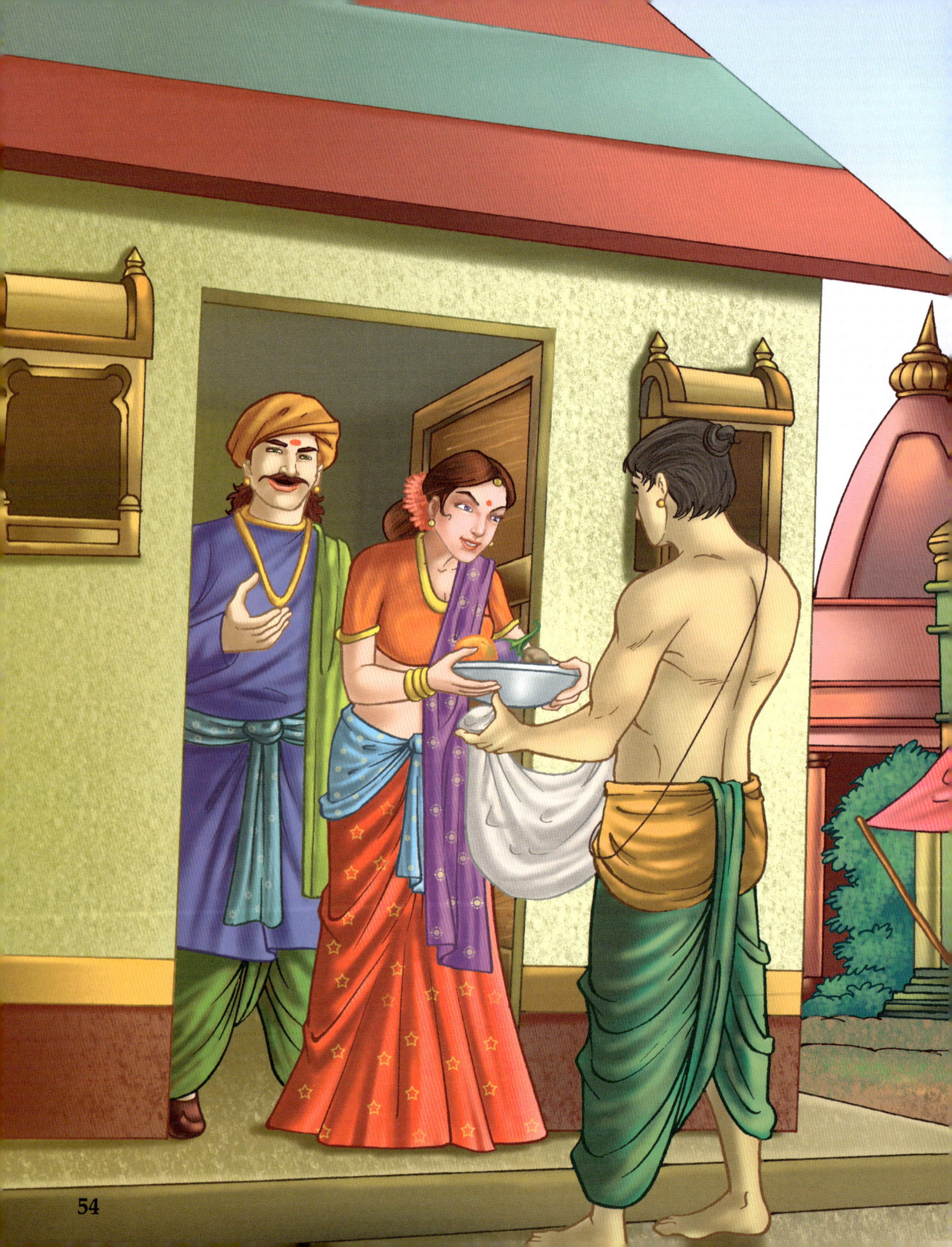

उसको पूरा विश्वास भी था कि माँ वैष्णवी उसकी सहायता अवश्य करेंगी। अतः उसने घर-घर जाकर सबको अपने घर में भंडारे का निमंत्रण देना आरंभ कर दिया। और यह भी प्रार्थना की कि यदि किसी के घर में सब्जी और अनाज आदि अधिक हो तो कृपया भंडारे के लिए दे दे।

कुछ लोगों ने उसको सामान दे दिया और कुछ लोगों ने मना कर दिया। उसके एक पड़ोसी ने कहा कि, “जब तुम्हारे

पास अपने खाने को कुछ भी नहीं है, तो तुमने इतना बड़ा भंडारा करने का साहस कैसे किया?"

श्रीधर ने हिम्मत नहीं हारी। उसने गोरखनाथ को भी निमंत्रण दिया। गोरखनाथ ने कहा, "हम तुम्हारा निमंत्रण स्वीकार करते हैं, परंतु अगर इस भोजन से

संतुष्ट नहीं होंगे तो, तुमको कड़ा दंड देंगे।" श्रीधर बोला, "मुझे चिंता करने की कोई आवश्यकता नहीं है क्योंकि माँ वैष्णवी मेरे साथ हैं।"

भंडारे के एक दिन पहले उसको रात भर नींद नहीं आई। उसके पास खान-पान का सामान बहुत कम था। सारी रात वह यही सोचता रहा कि वह सबको खाना कैसे खिला पाएगा।

शीघ्र ही सुबह हो गई। उसने सुबह हमेशा की तरह माँ वैष्णवी से प्रार्थना की और भंडारे की तैयारी में लग गया। दोपहर से मेहमानों का आना आरंभ हो गया।

श्रीधर भीड़ को देखकर डर गया, लेकिन उसने एक चमत्कार होते देखा। जैसे-जैसे लोग आते जा रहे थे, वैसे-वैसे उसकी झोपड़ी बड़ी होती जा रही थी। झोपड़ी बड़ी हो जाने से सब लोगों को बैठने का स्थान मिल गया।

श्रीधर ने देखा कि उसकी छोटी-सी झोपड़ी में सब लोग बहुत आराम से बैठे हैं। उसने समझ लिया कि माँ उसकी सहायता के लिए आ गई हैं। उसने हाथ जोड़कर आँखें बंद की और कुछ देर माँ से प्रार्थना की।

अब भोजन परोसने का समय आ गया। अब श्रीधर बिल्कुल चिंतित नहीं था, क्योंकि उसको पूरा विश्वास था कि माँ उसकी सहायता के लिए अवश्य आएँगी।

श्रीधर ने चारों ओर देखा तो उसको भीड़ के बीच में माँ वैष्णवी बैठी हुई दिखाई दीं। श्रीधर निश्चिंत हो गया कि अब उसको कोई परेशानी नही होगी।

मालूम पड़ता था कि खाना बहुत अधिक मात्रा में है – जैसे ही वह मेहमानों को खाना परोसता था, वैसे ही बर्तन भोजन से फिर भर जाता था। सब मेहमान खुशी से खाना खा रहे थे, और कह रहे थे, “इतना स्वादिष्ट खाना हमने पहले कभी नहीं खाया।” सबको भरपेट खाना खिलाते हुए श्रीधर बहुत प्रसन्न हुआ।

कुछ घंटे बाद जब सब लोग खाना खा चुके, तब गोरखनाथ अपने शिष्य भैरवनाथ के साथ आया।

गोरखनाथ ने देखा कि असंख्य लोग श्रीधर की कुटिया में से खाना खाकर निकल रहे हैं। उसने इधर-उधर दृष्टि दौड़ाई और देखा कि सब कुछ दैवीय चमत्कार की तरह हो रहा है।

उसी समय भैरवनाथ की दृष्टि माँ वैष्णवी पर पड़ी। वह जानता था कि वह अकेली है। गुरु गोरखनाथ के साथ होने के कारण वह अपने को बहुत बलवान भी समझ रहा था। अतः उसने माँ वैष्णवी का हाथ खींचने का साहस कर लिया। यह बहुत बड़ी गलती उसने की।

माँ वैष्णवी ने उसको धक्का दिया और पर्वतों की ओर चली गई। भैरवनाथ ने निश्चय किया वह वैश्नवी को नहीं छोड़ेगा और त्रिकूट पर्वत की ओर उनका पीछा करने को चला गया।

नौ महीने बीत गए, लेकिन भैरवनाथ वैष्णवी को पहाड़ों में नहीं खोज सका। एक दिन उसने देखा कि माँ वैष्णवी ने एक पत्थर में तीर मारा और उसमें से पानी निकलने लगा।

भैरवनाथ को उत्सुकता हुई कि माँ वैष्णवी गुफा में कहाँ पर छिपी हुई हैं। (आजकल उस गुफा को अर्ध कुँवारी कहते हैं।) भैरवनाथ वहाँ जाने की तैयारी करने लगा।

जैसे ही वैष्णवी ने भैरवनाथ को गुफा की ओर आते देखा, उन्होंने अपनी शक्ति से गुफा के पीछे भी रास्ता बना दिया और बोली, "भैरव, इस पवित्र गुफा में प्रवेश मत करना।" भैरवनाथ ने उनकी आज्ञा नहीं मानी। अंत में माँ वैष्णवी ने उसका सिर काटकर दूर फेंक दिया। और वह सिर दूर एक पहाड़ पर जा गिरा। जब उसका सिर धड़ से अलग हो गया, तब भैरवनाथ ने अपनी गलती महसूस की।

और बोला, “माँ मुझे क्षमा कर दो।” माँ वैष्णवी को दया आ गई और उन्होंने उसको क्षमा करने के साथ ही एक वरदान भी दे दिया : “प्रत्येक भक्त जो मेरा आर्शीवाद लेने और दर्शन करने आएगा, उसको मेरे बाद तुम्हारा भी आशीर्वाद लेना पड़ेगा, तभी उसकी तीर्थयात्रा पूरी मानी जाएगी।”

"जय माता की"

इसके पश्चात् माँ वैष्णवी ने अपना मानव शरीर त्याग दिया और एक पत्थर की शिला बन गईं।

आज माँ वैष्णवी साढ़े पाँच फुट लंबे पर्वत के आकार में हैं, जिनके तीन सिर हैं। उनको पिंडी के रूप में माना जाता है। यह गुफा भारत के पवित्र तीर्थस्थानों में से एक मानी जाती है। सैकड़ों लोग यहाँ दर्शन करने आते हैं।

TITLES IN THIS SERIES

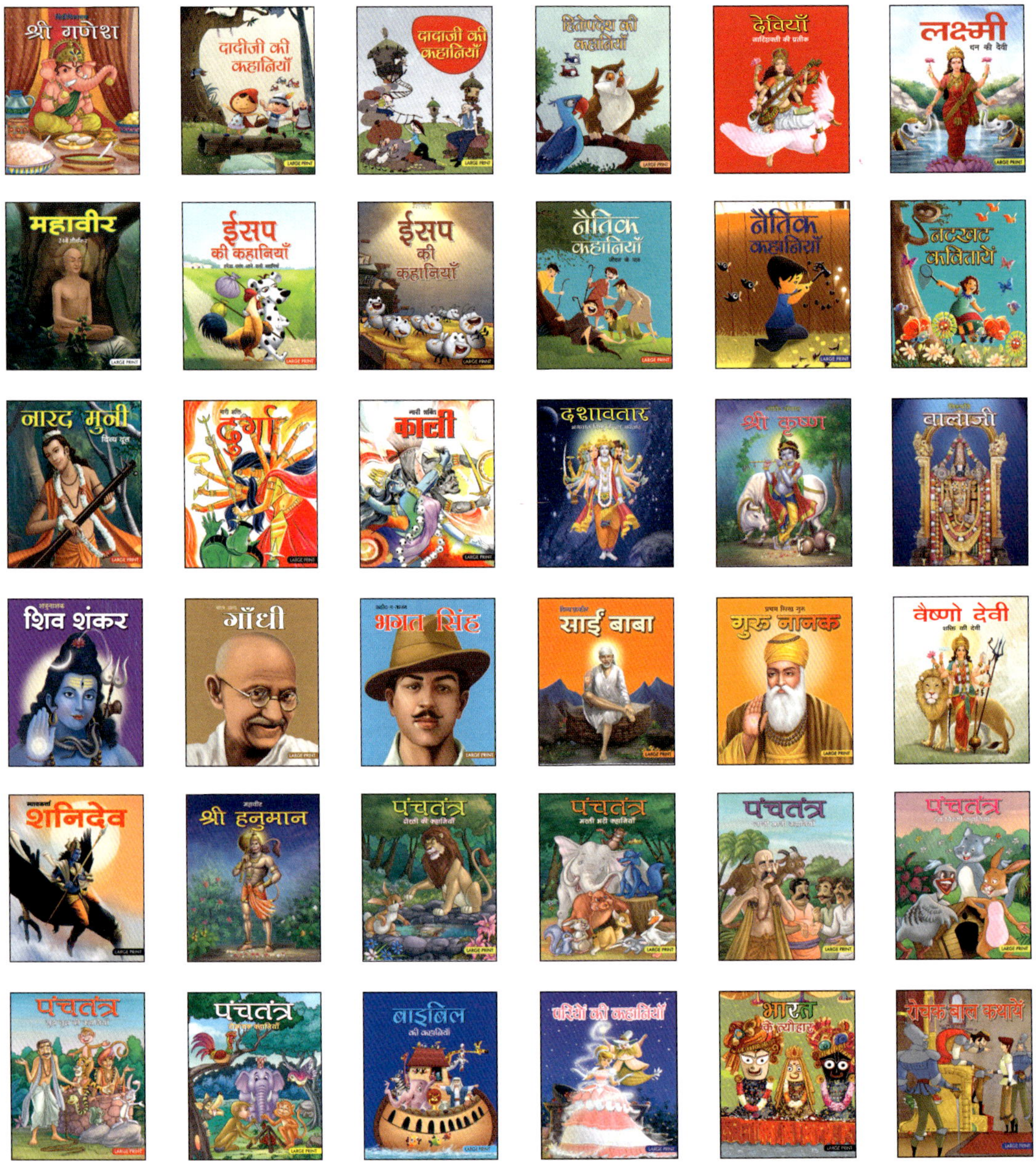